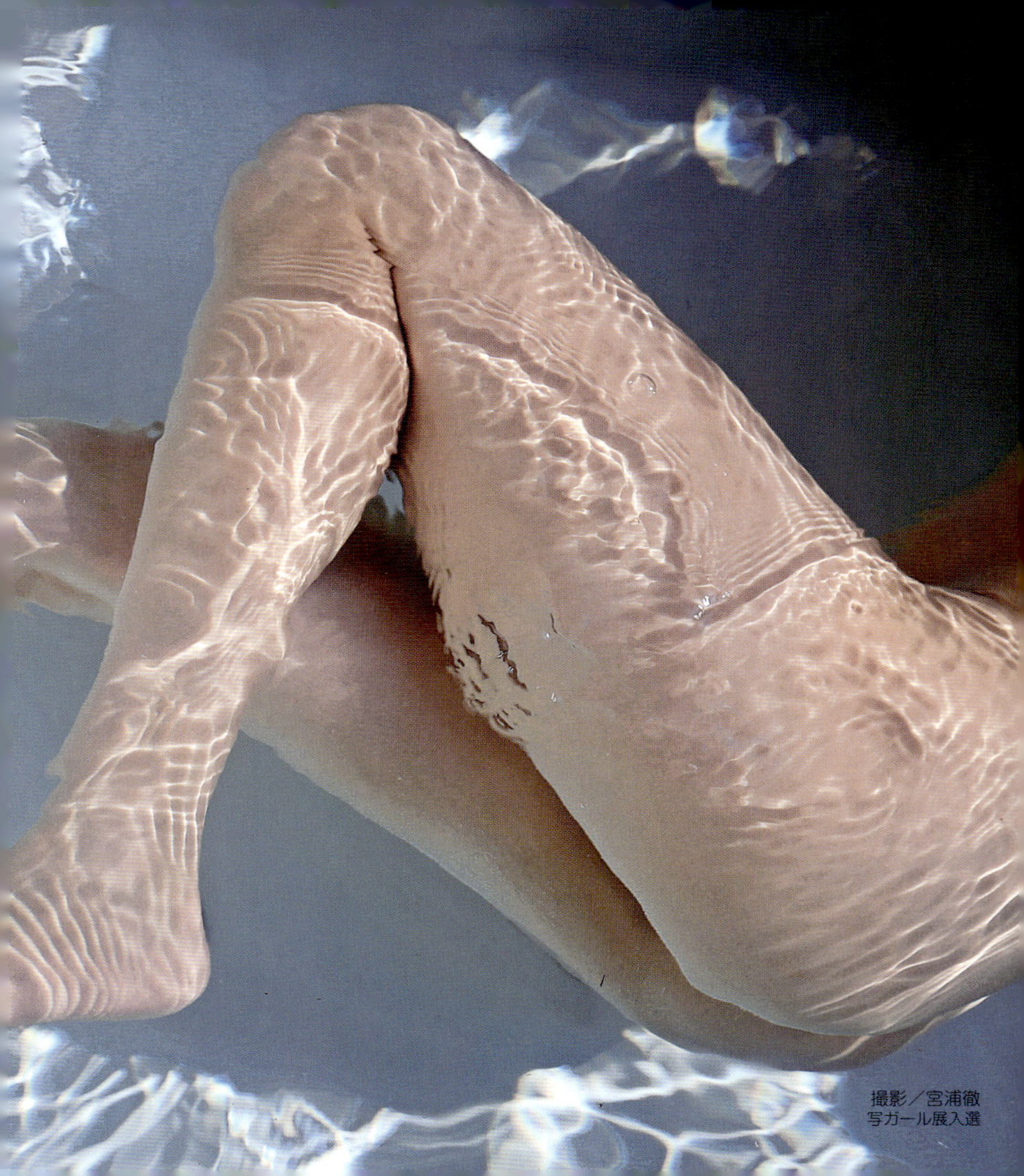

撮影／宮浦徹
写ガール展入選

目が覚めたら既にスネてて、
デパート連れてってもらってはスネて
ブランドショップ行ってはスネて
バーバリーのコート買ってもらってスネて
旅行行ってスネて
ロエベでポーチ磨いてもらってスネて
シャンパンあけてスネて
酔っぱらって死ぬほど笑ったあと
泣いてスネて（めんどくせ！）
性交してスネて
愛を語ってたと思ったら途中からスネて

撮影／富蔵

夢の中でもスネ続けて…
スネてスネてスネてスネて
スネまくり
非常に強い、スネ気質
３秒で、すぐスネれる！
秘伝！　瞬間スネテクニック！！
これであなたも、スネ上手ーっう
何の役にたつねん、と。
この膨大な時間と労力体力、
このエネルギー、
どんだけムダ使いしてんねん、と。
この、あとからあとから沸いてくる
温泉並みの豊かなスネエネルギー、フリーエネルギー
何かに役立てることはできないかと想いを巡らせましたが
自分がスネ上手だなんて、
恥ずかしくて恥ずかしくて
ずっと人様に言えなかったのです

撮影／常盤響

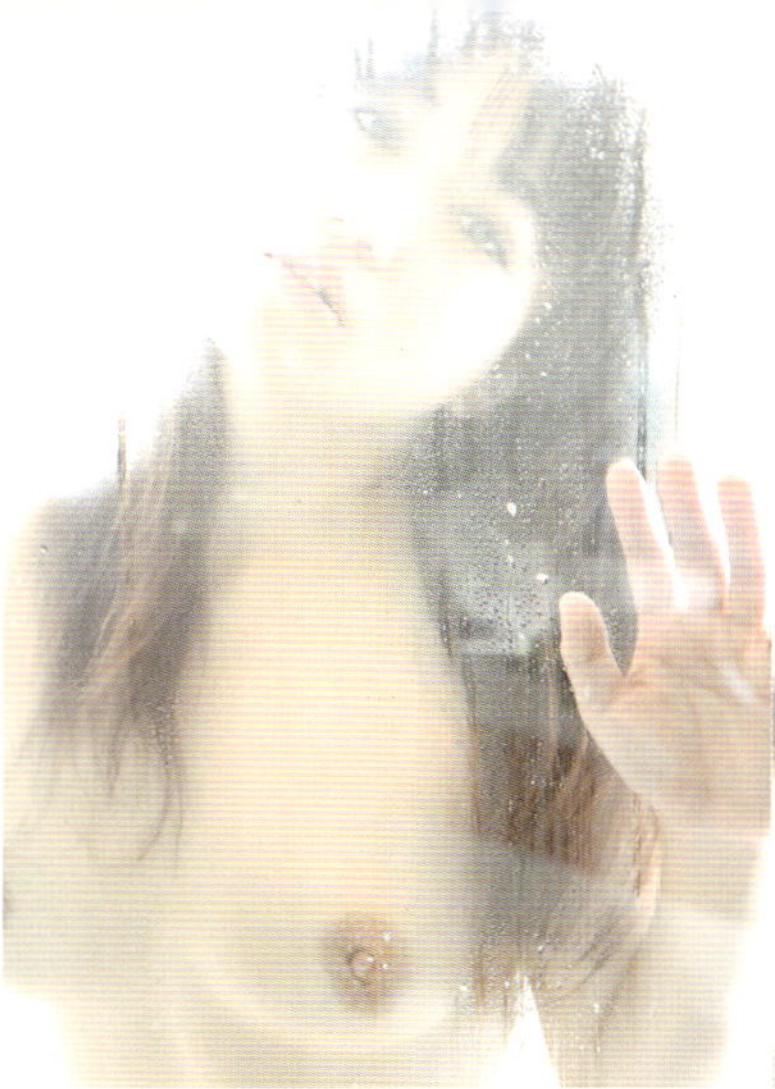

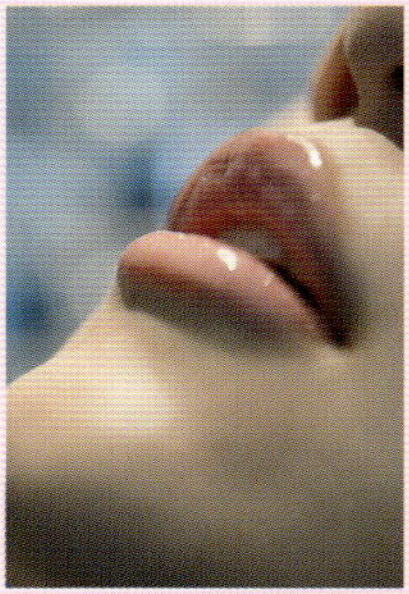

撮影／Massa

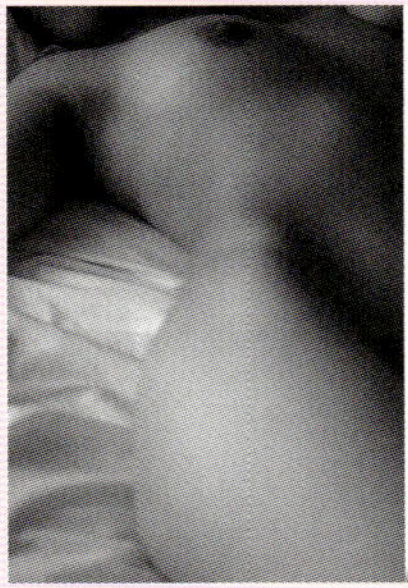

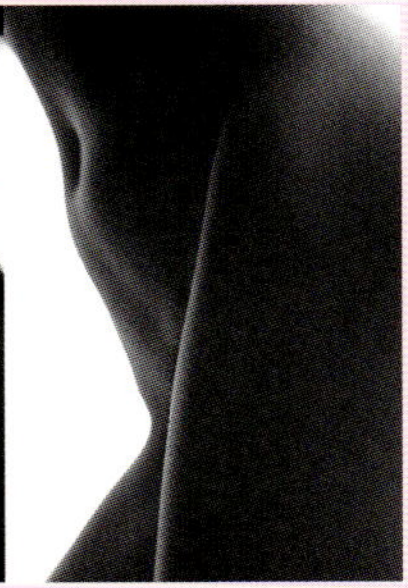

スネという現象

簡単にお伝えします。いわゆる「ひがみ」なんでスネ。わたしが持ってないモノを持ってる人へのひがみ、です。あら醜い！

それをその醜さを認めるのが嫌でした。そのひがみを無いことにしたかったお金を持ってる人への、美貌を持ってる人への、人気がある人への、クリーンな人への、学歴ある人への、愛されてる人への。

もっというと、本命のポジションにいる人への、結婚した人への。婚約した人へのさらにいうと、不倫していない人への、ひがみが、非常に強かった。

わたしは、17歳から27歳までずっとずっと「本命の本命になれないコンプレックス」を抱えてて、それを糧に10年間スネにスネまくっていたのです。性の問題は問題で、ずっと抱えてきましたが、愛の問題でもずっと答えを探してきました。どうしたらスネずにいられるか。どうしたらひがまずにいられるか。我がことながらわかりませんでした。

18歳で家を出て、高校中退後から今日まで、絵画と写真の裸婦モデルをして生きてきたことを、婚約者と親に告げず、このままヒッソリ結婚しようとしてることが、取れない魚の骨くらいわたしの気に障る…。なんと自分勝手な葛藤。

色んな角度と視点でみて、分析もして、天秤にもかけて、リスクも考えて、もうヌードの仕事辞めるのに。確実に相手を苦しめるとハッキリしてるのに、それでもやっぱりわたしはわたしがやってきたことを一つだって否定したくないし1ミリも後悔していないのです。

裸という理由だけで、重要な心の一部を隠しておくのはなんか違うのです。おそらく婚約は解消されるでしょう。

撮影／藪本近巳

わたしが生きてるうちに
愛する人には伝えないといけない

撮影／籔本近巳

わたしは今日やっと休みです

隠し続けていたアートヌードモデルの仕事

3か月前、死ぬ気で最愛の恋人に告げたアートヌードモデルの仕事。

あの恐怖の自己開示から、わたしの人生は急激に、劇的に変わりました。

18歳で家を出て、高校中退後から今日まで絵画と写真の裸婦モデルをして生きてきたことを、婚約者と親に告げずそのままヒッソリ結婚しようとしていたわたし。

アートヌードモデルであることをなぜ隠していたか……その理由を考えたことなんて今までなかったけれど。

隠しておくのは至極当然。それが当たり前。ヌードなんて単語さえ、人前で口にするもんじゃない。

いつの頃からか、私の中にはそういう誰かの価値観がすでにありました。

わたしは嫌われてしまうことを極度に恐れていたし、軽蔑されてしまうこと、二度と笑いかけてもらえないかもしれないこと、今やっと手にした平和を自分の過去によって失ってしまうのをとても恐れていました。

普通に暮らしている人からしたら、きっとヌードモデルなんてのはまるで次元の違う人種なんだろう。自分以外のヌードモデルなんてのは、友人にもその知り合いにさえ一人も見つけられない。

ヌードモデルなんてのは、わたしの恋人や両親、彼らのようにごくまっとうな人間の出会うべき存在ではない。かたぎの人間のやることではない。言葉にするとまるで自己卑下のようだけれど、それがわたし。

ヌードモデルなんてのは……少し寂しいけれど、それが、去年までのわたしの自己評価だったのだです。

そんなわたしが、愛する婚約者へ自己開示。

自分は裸の仕事をしてきた。今もその仕事を続けていて、今日もその仕事に行くのだと、打ち明けるときがやってきた。

ものすごい恐怖でした。それこそ、この世界はもう終わってしまうと思えるほどに。

彼は何にも言わず静かに聞いてくれました。泣くのをこらえすぎて震えてしゃべれなくなった時は、一緒に待ってくれました。

すべての事実を伝えたあと、

「あなたの人生と、あなたの大好きなお母さんと、あなたが自分の命より大事にしてるお子さんと、それぞれのことも含めて、あらためてわたしと一緒にいるかどうか、これからのことをよく検討して欲しい。」と、伝えました。

彼の腕の中で少しだけ泣いて、その日のロケ撮の用意を始めたころには、ものすごい大きなエネルギーが回りだしました。

音をたてて古い世界が崩れ落ち、足元から、自分の足のそのまだ下の奥底から湧き上がってくるような「力」を感じました。

身体中の全ての細胞が大騒ぎしているみたいな。

そのエネルギーがもたらしてくれたもの。

ふとわたしは、自分が【完全な平和】の中にいることに気づきました。

今、わたしには、守らなければいけないものが、何も、ない。

写真集がどこで出ようが、大きな賞をとろうが、書店にならぶカメラ雑誌に掲載されようが、過去にわたしを脅した人たちが写真をたてにまた何かを企てようが、ストーカーされようが、もうそれらは大した問題ではない。

仮に悪用されても、わかった時点で即弁護士をたてればいい。胸をはって戦えばいい。

わたしを脅かすものなんて、もうひとつもないんだ。

嬉しくて驚いて、その感情を心の底から何度も何度も味わいました。

見える景色は一変して、吸う空気さえ違ったような。自分の選択一つでこんなにも世界は変わるのかって。

それだけ、わたしは自分を閉じこめてきたんだと気づきました。

わたし、小学校・中学校どちらの卒業アルバムも破り捨てておりまして。

理由は学校教育への憎悪と、写真写り激悪な自分への憎悪です。

アレって何なんでしょうね。自分を醜悪に感じるアレ。複雑な年ごろでした。

でも今、写真の中のわたしは美しいと確信を持っています。

実際の実物はそこまでじゃないし、年齢も経ってきたし、たぶん女子レベルは中の下くらいだと思いますが、写真の中のわたしは未編集未加工でも本当にかっこいい。

色んな角度と視点でみて、分析もして天秤にもかけてリスクも考えて、それでもやっぱりわたしは、わたしがやってきたことを一つだって否定したくないし一ミリも後悔していないのです。

裸という理由だけで重要な心の一部を隠しておくのは、なんか違うのです。

大切なひとを傷つけることになったとしても伝えたほうがいい。

なぜなら、世界が今日終わるかもしれない。世界は続いても、わたしの生命は終わるかもしれない。

わたしのよく行くロケ地でも、ロケ中に亡くなった人はいます。今日わたしの身に起きないとは限らない。

無事ここにまた戻れるかな、と家を出て、大惨事に遭うこともまーまーあります。

だから、わたしが生きているうちに愛する人には伝えないといけないんです。

どれだけ自分が幸せか、人生最高の作品が〈自分の軌跡〉であること。

それは同時に、わたしのヌード写真にもいえることです。

もうわたし、好きか大好きか愛してること以外は選ばん！

音楽であれロマンスであれ、表現であれ仕事であれ、選んでいるつもりでしたが、恐れや不安からしょーもないこと調整してたし、挑戦してなかった。

そんな選択は人生の無駄遣いすぎて罪悪だと思い出した！　思い出したわけです！！

15年前、手もとに万札1枚ないのに一人暮らしを実行したあの日くらい、今日が人生最後の日とばかりにふりきっていかないと！！

もし今後どこかで、そんなハダカオンナは認められんと断られたら、それはそれまで。

残念だけどそれもそうかー、とだけ思うでしょう。
なんだか死期が近い人みたいですが、わたしは丈夫で長持ち元気です。
生命線も手首まであるしネ（笑）

選ばざるをえなかった【奴隷の人生】

「奴隷」と聞くと、社会の教科書で習ったような、どこか古い時代をイメージするかもしれません。

ここではない、現代ではない、あなたとは何の接点もない、遠い遠いところ。

わたしも、そんな世界があるなんて想像もしていませんでした。ましてや自分がそこに関わることになるなんて…。

加害者の男と出会ったしまったのは17年前。高校を辞めた17歳の夏にさかのぼります。

わたしと親友はどちらも同じような悩みを抱えていました。

両親の不仲、その不仲の原因でもある家庭の経済的な不安定さ。二人は自由になりたかった。もっとお金が欲しかった。

お金を持つことは自由を得ることだと、疑いもしませんでした。お金がないから家族は喧嘩するし、お金がないからわたしたちは不幸なんだって。

欲しいものが際限なくあって、いくつあっても足りない感覚。

シーズンごとの服や靴、高級なコスメ、ヘアサロンにもしょっちゅう行きたいし、習い事だってしてたい。それに喧嘩ばかりの家にはもう帰りたくない。自由気ままに、一人で暮らしたい！

当時、世間では援交が流行っていました。まだ出会い系もない頃、街頭では伝言ダイヤルのポケットティッシュが配られていました。

クラスメイトの何人かが、おじさんとお茶するだけでお小遣いを稼ぐ時代。わたしたちも、盲目的に流れにのったのです。

そして流れ着いた先に、男はいました。

自らをヤクザの関係者だと名乗り、警察にも顔がきくというのです。チンピラによる非公式の囮《おとり》捜査のグループに所属している、とも。

大声と暴力とで萎縮《いしゅく》させせられたわたしたちは、車で、誰もいない場所に連れていかれました。

同じようなケースが今まで何件もあり、グループで動いているため、仲間のところへ連れていかなくてはならないこと、もう二度と元の暮らしには戻れないことを聞かされました。

想像もしなかった絶望が、わたしたちの思考回路を遮断しました。その恐ろしさ、残虐さは今まで経験したことのないないレベルのものでした。男の言葉から、目から、残虐さが荒々しく滲み出て、車内の空気までがわたしたちを痛めつけました。

そして恐怖が完全に心身を支配したころ、わたしたちには2つの選択肢が与えられました。囮グループの元へ付き出されるか、もしくは一生、この男の奴隷として生きるか。

男はその時、お前らは運が良い、と笑ったのです。普通だったら囮グループに行くしかなかったのだ、と。

かつて彼らによって堕とされた者がどんな末路をたどったか、耳を覆いたくなるような、酷くむごたらしい地獄絵図を一つ一つ解いてくれました。わたしたちなら誰がどんな風になるかまでも…。

もう何にも考えられなかったわたしたちはその日、その時、「家に帰りたい…」ただ、ただそれだけを願いました。

家に帰るための道は一つ、奴隷の道しかなかった。それしか選べなかった。わたしたちは絶望の数年間をスタートさせてしまったのです。

その漆黒の闇の中、わたしは18歳になりました。

加害者はとんでもなく気性が荒い男で、いつもお金に困っていました。わたしたちを囮捜査仲間から助けるために多額のお金を払ったせいだ、と怒っていました。

「俺の機嫌次第でお前らの人生はどうにでもなる」「何かあればすぐに売り飛ばすからな」と。

わたしなら今いくらの値段がつくか、どこでどうやって売りに出されるか具体的に説明されたあと、今まで売払ってきた女性たちの末路まで丁寧に教えられ、わたしたちが恐怖と不安で泣きはじめるまで何時間も何時間も絶望を刷りこまれました。

車で連れていかれる先は、いつもひとけのない港か山でした。

おそらく、命令に背いたときに「ここから飛び降りて自分で勝手に死ね」と言うために……

いつもいつもわたしたちは謝っていました。

わたしたちを助けたために大変な状況にしてしまったことを、そしてこれからも見捨てないでくださいとお願いしました。

今思えば、もちろん謝るのはおかしいことでした。

でもその頃すっかり洗脳されていたわたしたちは、身体の細胞全てに〝この男は恩人である〟と刻み込まれていて、

「彼を裏切ることはとんでもないこと」「彼の怒りを買うことはわたしたちだけでなく家族みんなを地獄に落とすこと」だと思い込んでいました。

加害者の男は「家族は大事にせんとあかんで」とよく言っていたけど、それは暗に「このことを周りの大人にチクるなよ」という意味だったのでしょう。

チクったが最後、復讐が待っているのです。

親友とわたしは励まし合い、呼び出されていない時間は家族を大事にし

ようと思いました。

皮肉にもこの男の存在が、ごく普通の日常の有り難さを教えてくれた……

こんなにも幸せで、こんなにも自由だったのに、わたしたちはそれに気づかず、とんでもない縁を起こしてしまったのです。

脅迫を受け始めた最初の頃、わたしたちはこの男の言う【奴隷】がどういうものなのか、まだよく理解していませんでした。

性と犯罪、絶望という洗脳

わたしたちが受けた世にも恐ろしい経験を、文字だけで伝えるのは不可能ですが、それは特別な「絶望」という「洗脳」の上でしか成り立たない、信じられないような悲惨な経験でした。


「今ある状況の全責任、諸悪の根源はお前にある」

「お前は最低の人間だ」

「お前らにはひどい罰が必要だ」

「ゴミ溜《ため》より腐った薄汚い存在のお前らを俺は罰を与えつつ、守ってやってもいい」

洗脳することで、徹底して希望を取り除かれていったのです。

「そうなんだ、わたしたちが悪いんだ」と、もうそれを洗脳とも感じなくなっていきました。

17才の終わり頃、わたしにはとても好きな人がいました。初めてのボーイフレンドで、別れたあともずっと好きでした。すぐに別れてしまったけど、お互いに嫌いになった訳じゃなかったのです。

彼は「二十歳になったらね」と言ってくれて、わたしたちはプラトニックなお付き合いでした。

一番最初はこの人がいいってずっと決めていました。

そんなわたしの気持ちも引き裂かれてしまうことに…


加害者の男に呼び出されて、車に乗せられてはあちこちつれ回される日々。

男はだいたいいつも怒り狂っていて、仕事が失敗したときはストレスの捌《は》け口にされました。

「もっと誠意をみせろ！」「誰に助けてもらった命なのか思い出せ！」「何なら売り飛ばしてもいいんだぞ。」と言って怒鳴り散らすのです。

命令しないと動かないことにも腹をたてていたようで、

「もっと俺を崇《あが》めろ」「もっと感謝の形を行動で示せ」「もっと自主的に、

もっと積極的に、俺を喜ばせることを四六時中考えて尽くしきれ」と要求してきました。

もっと男の求めているものを読み取れと、【奴隷】の話を聞かされました。わたしたちの前にも【奴隷】がいたこと、その女性はもっと従順ですべてを捧げていたこと、そして、自ら【性奴隷】として奉仕していたこと。

加害者の男が求めていたのは、わたしたちが自主的に心身を捧げることだったのでしょう。

【奴隷】は命令には背けない。でもわたしにはどうしても従うことができない命令。

わたしはバージンだったのです。もうここで死んだほうが良いと思いました。

二人で励まし合いながら、周りの大人に隠し続けて約三年が経った頃、親友に好きな人ができました。

加害者の男は既婚者だったので、「結婚はしてあげられないからお前もボーイフレンドくらいつくったらどうだ」と言っていましたが、いざそれが現実味を帯びると、取り乱し、怒り狂い、今まで以上に恐怖をあおってきました。

親友の恋人の家で執拗に迷惑行為を繰り返し、職場へは嫌がらせの電話をかけ、最後は仲間と結託して職場に火をつけに行くというところまでヒートアップしていきました。

その時、わたしたちはやっと、もう自分たちの手には負えないとわかりました。

絶対にしたくなかったけれど、絶対にするつもりがなかったけれど、親にも相談するしかありませんでした。

鳴り続ける脅迫の電話、たまり続ける留守電の内容は常軌を逸していました。脅したり、謝ったり、交渉してきたりと、支離滅裂でした。


わたしたちは警察へ行き、事の経緯を伝えました。何とかこのストーカー行為だけでもやめさせられないものかと…

話を聞いてくれた刑事さんは、「すぐに逮捕状をとりましょう」「そしてこれはもう刑事事件になります。取り下げることはできないよ。裁判や現場検証がはじまるけど、一緒に頑張ろうね。もう怖い想いはしなくて大丈夫だからね」と言ってくれました。

その時でさえ、強い洗脳状態にあったわたしと親友は、そんなことになったらあの粘着質で復讐心の強いあいつに酷いことをされてしまうんじゃないかと、そちらの心配でいっぱいでした。

それほどまでに加害者の男が刻み込んだ恐怖は、根深かったのです。

わたしはこのことを書くことで、あの裁判から今日までもう10年近く、このことを思い出さないようにしていたことに気づきました。

いつも軽くしゃべっていたけれど、記憶を紐解くと同時に、出てくる恐怖と罪悪感で、執筆がなかなか進みませんでした。

書こうとすると呼吸が浅くなり、ひどい動機で苦しくて、何度も席をたちました。

本能的に自分の何かを守らなくてはいけないと体が動くのでしょうか…。

アートヌードモデルへの転身

そんな事件にまきこまれながら19歳の時に絵画モデル派遣会社に入って、あちこちの絵画教室や、カルチャーセンター、彫刻家のアトリエなどで仕事をしてきました。

そして23歳くらいの頃、絵画と彫塑の裸婦から写真のヌードモデルに変わりました。

それは予想以上に〝アダルト〟色が濃くなる転職だったとわかりました。

わたしは前にも増してプライベートと仕事の世界とをハッキリと住み分けるようになり、自分の存在をひた隠しました。

顔出しは絶対ＮＧ。《個人が特定されないヌードに限りわたしの許可を得たあとなら公開できる》というルールを徹底しました。

それでも、わたしの特徴あるハダカはどこかのサイトに載るたびに知り合いのカメラマンからメールが入りました。

「〇〇に今、載ってるよね?」

「…はい」

「特徴あるから、すぐわかったよ」

「…。(個人特定されてるやん!)」

頭隠して裸(ら)隠さず。でも隠しきれてない…(困惑)

そんな中、日本芸術出版がしている〝写GIRL〟という写真集・写真展と出会いました。

プロカメラマンとの作品撮りで初めて知ったそこには、【女性美の追求は永遠のテーマ】と書いてありました。美術としてのヌード写真だと感じたのです。

その写真展の審査員は、岡本太郎、秋山庄太郎、大竹省二、藤本義一、沢渡朔、細井英公…無知なわたしでさえ凄いとわかる名前ばかりでした。なんだろう。ヌード写真ってなんなんだろう…。わたしの中に小さな波紋が落ちた瞬間。

そして、年に一度の「写GIRL写真展」へ毎年自分の写真が入選入賞するのを喜んで見に行ってるうちに、その撮影会にでないかと声がかかりました。

わたし一人の被写体に20人以上のカメラマンが集まっての撮影。とても楽しかった。本気の大人が、本気の裸婦に向き合う。真剣なセッションでした。


写ＧＩＲＬ写真集では今でも毎年、わたしの写真が掲載されています。１００ページほど中に、わたしのが20枚前後。全国のカメラマンが応募してきた多数の中で入選入賞を続けてきました。

新人賞、沢渡朔賞、羽仁進賞、細井英公賞etc他にもたくさん多くの賞をいただきました。そして遂には、準写ＧＩＲＬ賞まで…！

これがどれだけすごいことか。一方で、名誉では食べていけない、名誉と引き替えに安全な暮らしを捨てるわけにはいかない！という気持ち。

賞賛を喜びつつも、わたしは複雑な気持ちでいました。

女神のスネコ

「女神様」と呼ばれたことはありますか？

丸腰で、携帯の電波も入らない地の果てで 素っ裸で、崖の上に立ち、目を閉じる。

もしくは 初対面で会って10分後 見知らぬ地方のラブホで、全ての衣服を脱いで、よく知らない男性の足元に寝転ぶ。

これらはわたしが日常的にしてきた仕事の、ごく普通の光景です。

わたしの仕事はインターネット上で知り合った男性と二人っきりの空間で、裸になることです。そして、その裸を写真に撮らせることです。

全くの情報のない状態から少しずつお互いの希望などを伝え合って、そしてわたしが、会ってもいいと判断したら、待ち合わせ場所を決めます。

危害を加えられることがないように、やり取りのなかで少しずつ威圧をかけながら、見極めていきます。

でも絶対はないわけで、待ち合わせから密室にはいるまでの数分間が、ほんとの勝負です。


11年前絵画モデルの派遣事務所をやめてから、わたしは一人で仕事をしてきました。

わたしは、しがない素人モデルでした。

「全然笑わないね…」って言われたら、「面白くもないのに笑うことはできません」って答えたり、ちょっと個人的なことを調べられてはぶちギレていました。

九州から東京の間を高速バスで移動しては、ネットカフェに数日滞在して次の都市へ。

そうやって、時にはストーカーにも脅されて、ものすごく優しい人にも巡り合って、いつしかわたしの中にはお金ではない何かが2つ生まれ育っていました。

一つは【自尊心】です。少しずつ芽生えたソレは、色んなことを望みだしました。

もっと、美しい裸と称《たた》えられたい。もっと、かっこいい自分がみたい。もっと、良い作品を残したい。もっと、もっとかけがえのない存在になりたい。もっとちゃんと、わたし自身を誇りたい！

何ももっていないわたしには、服を脱ぐことで称賛されるこのカラダしかなかった。なんとか必死で守ってきたプライドは、強烈な劣等感によって支えられていました。

なめるな！ わたしをなめるな！ カメラマンたちに、世間に、そして最愛の恋人に、そしてわたし自身にわたしの存在をなめるな！

そうやって精一杯の砦を築き、自分を守ってきました。砦の存在をもし脅かすものがいるのなら、刃を刺し違えたとしても殺してやろう。

それがわたしが一人で今日まで無事だった理由であり、それがわたしが今日まで寂しいと、助けてほしいと口にできなかった理由です。

わたしの中の臆病で泣き虫で、あまりにも弱く壊れやすい小さなスネコは、本当はずっと祈り続けていました。

見つけてほしい、認めてほしい、わたしはここにいるよって。

ある日わたしは自分が女神様って呼ばれている声を聞きました。

流れる水の中で光に照らされながら、わたしはその作品の中で輝いている自分を見ることができました。

美しく誇り高く胸を張って誰よりもわたしが、わたしを認め満ち足りていました。

臆病者のスネコは、神々しい女神になって微笑んでいました。

撮影／藪本近巳

宝石のように光る言葉たち

フリーランスでヌードを仕事にしていると、平和な暮らしは望めません。わたしには九州から東北まで、全国に常連カメラマンさんが40～50人いました。それプラス、平均して新規が月に10～60件（うち、撮影にいたるのは1～3件）サイコパスから恩人まで人種は様々。実際に会うまで、撮り始めるまでわからない。人と人との出会いとはかくも面白く、危険で予測不可能でした。

常に誰かと交渉したり、戦ったり、値切られたり、ケチをつけられたり。突然、罵詈雑言を受けることも少なくありません。

わたしは強い、強くならざるを得なかった。でも強さって、〝傷つかないこと〞ではないのです。

心をともなった撮影をしていると、名作、傑作が生まれる可能性と引き換えに、心は無防備にさらされる。ふとしたキッカケで心にヒビが入る。そのヒビから心はあっというまに壊れてしまう。

それを恐れて一時は心を閉ざし、ビジネスライクな撮影に徹しました。でもそれでは結局、相手にとても失礼な時間となるし、後悔と自己嫌悪にもつながったのです。

だからわたしは、再び心を開いて撮影することへ舵をきりました。それからです。わたしの胸の中に光り輝く宝物が集まりだしたのは。

あるカメラマンは言ってくれました。「アナタの価値はすごいんだ」と。「だから、誰にでも簡単にアナタが撮れるなんてことはあってはいけない」と。

また別のカメラマンは言ってくれました。「素晴らしいモデルの条件とは、その容姿ではなく心だ。アナタは素晴らしい」と。

小さな一言から過分な賞賛まで、たくさんの言葉をいただきました。それらはいつもわたしの暗い心の奥底で光っていた。その宝の言葉、ひとつひとつを思い出すと、わたしはいつも泣いてしまいます。

わたしは必死だった。ずっと一人ぼっちで。

絶対、負けられない。絶対、舐められてはいけない。気持ちだけでも、根性だけでも、誰よりも強く強く、もっともっと、もっと強く賢くなりたい！　と思った。

わたしを欺く奴らより先手を打てるだけの力が、見抜く目が欲しい！！と思った。わたしの味方は自分しかいなかったから。

辛いことは数限りなく起きて、自分ではどうしようもないことがほとんどで。そんな時は、ただじっと、時が過ぎてゆくのを待ちました。

心の奥底、宝石の輝きをみつめながら。

わたしの価値ってなんだろう。わたしのヌードには、一体何があるんだろう。ずっとずっと考えていました。

ヌードについて、写真について、カメラマンについて、セクシャルについて、美学について、表現について、誇りについて、タブーについて……

そして、美しさと愛について。

その思考の中で時折、ヌードと愛とがリンクしたのです。

ヌードって、美しさじゃないのかなって。美しさって、愛と呼ぶのではないのかな…って。

断っても断っても続くアダルトな撮影オファーの日々。その中でわたしは、美しさと愛を探していました。

カメラマンとモデル、鏡のようなわたしたち

とても大切にしてくれたこと。とても尊重してくれていたこと。たくさん時間もお金も、それ以上に、心をかけてくれたこと。

気難しいわたしにやりにくさを感じていただろう。他のモデルとわたしを比べてそれは色々思っただろう。もうこのモデル撮るのやめようって何度も考えただろう。

それでも、向き合って今日までできてくれたこと。それがどういうことか。

アナタにとってわたしは被写体であり、パートナーであり、ミューズであり、モチーフであり、女性的象徴であり、でも、それ以上に憧れであり、恋であり、まぎれもなく本当に本物の愛の対象だった。わたしは言葉にしたことはないし、アナタもきっと言葉にすることはないだろうけど。

呼び名の無い関係の中、愛はそこに存在していた。家族でもない、友だちでもない、恋人でもない、繋がりのなかったわたしたち。

確かにアナタは作品のために撮ってくれていた。でもそれだけじゃないものが写真の中に垣間見える。

わたしのことをとても愛しみ大切にしてくれる優しい気持ち。美しい瞬間を撮りこぼすまいと刹那に注がれる、わたしへの情熱。


わたしたちは違う人間だから、写真とは関係ないところで傷つけ合ってしまうことがある。

関係が近く、長く続けば続くほど、アナタにそして、アナタがわたしに望むことは増える。

もっと分かって欲しい。自分を理解して欲しいと切望する。

わたしの何気ない言葉がアナタを傷つけ、アナタからの返事に、わたしも傷つけられる。

他の人ならどうってことないのに、わたしの理解者である（と思いたかった）アナタがソレを口にすることがわたしの心を打ちのめす。

わかってくれているわけじゃなかったんだ…と。無意識の期待は月日の経過とともにつのっていた。

だって、かけがえのない、代わりなんていないこの混沌とした撮影界で、せっかく出会えたお互いだから一番の理解者でいたいし、いて欲しいから。想いや、情や、好意を時にわたしが台無しにして、その心を、プライドを傷つけて、怒り狂うアナタと話し合ったり、罵り合ったり、脅されたり、全額返金したり。愛の深さが深ければ、そのぶん重く深い憎悪に変わると知った。

傷つけたし傷つけられた。そんなお互いになるなら、何でこんなことしてるんだろうって思っていた。「こんな仕事なんて早くやめたい」数え切れないアナタたちがわたしの前に表れては、消えていった。

カメラマンとモデル。

許せないことも、本当にたくさんありました。耳を疑うような要求もたくさんありました。

10人程度の問い合わせでは誰ひとりマトモなカメラマンはいないし、40人に1人、もし打ち合わせまで進められたら大ヒット！

長々と打ち合わせをしても、その1／3はドタキャン。一回、顔を合わせるまでに50〜60人ずつくらいのアマカメもどきの、屍の山ができる。

そうしてわたしは滅多に怒らなくなりました。

戦って闘って今日まで、侮辱と怒りに震えた日はあれど涙ひとつも流したことはない。

そもそも、食べていくため選んだ道なのだから思い悩む対象ではなかったのです。

撮影してて怖い経験があったかと聞かれたことがあったけれど、すぐには答えられませんでした。余りに当たり前すぎて多すぎて忘れてしまっていたことに気がつきました。

ここは、極度の玉石混合世界。わたしは10年以上、できるだけ目立たぬよう営業してきました。

数少ない玉石の〝玉の人〟によって生かされてきたわたし。その存在を知ってる人は本当に少なかった。去年までは。

今年の自己開示後、たくさんの縁がひらきました。

あたたかく優しく繊細な美しい心のあるカメラマンたちがいてくれる。

今、わたしの身体はロケでボロボロだけれど、それさえ嬉しくて嬉しくて泣きながら目を覚ました朝。

皆んながわたしを大事にしてくれている。皆んながわたしを愛してくれている。なんだかそういう夢をみていた。

でも、それは夢じゃなかったんだ！

誰しも持っている幸せになる本能

今のわたしの世界で、わたしの心を左右する大きな要因。

それは〈愛とお金〉です。

年齢が大きく影響するアートヌードの世界で、33歳という年齢で平均値をもらうのは高すぎると言われて、自分もちょっとそう思っていました。

でも、値下げするくらいならわたしはその仕事を降りる。

そんなふうに仕事を選ぶことを続けていたもんだから、仕事の数は次第に減っていき、そのことが気になりつつありました。

それが、ここ最近の中でダントツのギャラをもらえることになったのです。

恋人にカミングアウトした日のうちに、大きな仕事が3件決まりました。その紙や金属（モノ的な）ところに価値があるわけではなくて、お金はエネルギーだから、引き換えにした「何か」があるのです。

世界が明日終わっても、今終わっても、5年後であっても、50年後であっても、何にも怖くないし何にも惜しくない。そのままで花マル。

その根元は、めいっぱい愛することに集中させもらっているから。

生まれて初めて「わたし」を、とてつもなく丁寧に大事に、自分自身が愛し始めている。

「自尊心」をリアルにありありと感じられていないなら、たぶん、何をしていても何にもしていないのと同じ。

わたしの場合は、長年の不倫・浮気相手・本命になれないジレンマ、安定しない収入の恐怖、年老いることの不安、両親との確執、自分に自信が持てない何か、「自分なんて」っていう拗《す》ね気質、痩せなくちゃって常につきまとう劣等感、低学歴のコンプレックス、「どうしてわたしだけ、ずっとこんなんなんやろう。」ってひがみ、周りが全て幸せそうで自分だけずっと不幸で孤独だと感じてしまうソレ、etc

かれこれ人生の半分以上を費やした長い付き合いの悩みたちは、かなりの分量が心のこと、愛のことで占められています。


愛を求めることはとても素直な、幸せになる本能。

今すぐに求めて、欲しいと言っていいんです。

わたしはずっとそれが言えなかった。ずっと長い遠回りの迷い道を一人で歩いてきました。

たくさんの人に出会い、たくさんの愛も悲しみもめいっぱい感じて感じきって、数ヶ月前には想像もつかなかった幸せの中にいます。

世界の半分は、〈目に見えないもの〉でできていて、
それは優しさかもしれないし、悪意かもしれない。
思い遣りかもしれないし、羨望や嫉妬かもしれない。
感謝かもしれないし、憎しみかもしれない。
そこらへん単位がないから、なかなかはかることができないんですけども。

目に見えないけど、わたしやあなたを動かす、動くしかないところまで追い込む「何か」。

それが何であれ、心や身体に影響を及ぼすそれはその根底に《不安》ってヤツが存在しています。

そして《不安》は相対的です。何かと比べての、誰かと比べての、もしかしたら、昔の自分と比べての。

そんな《不安》に対して、絶対性のものってのも存在している。

それは不安や豊かさも内包している。

根元の根源のおおもと、それがきっと《愛》だと思うのです。

子宮委員長はるちゃんとの出会い

はるちゃんとは、子宮委員長を名乗る元風俗嬢で、今では日本中に「子宮系」という旋風をまきおこしている女性です。

彼女の姿はさしずめ、一つの信仰のようにさえ感じられる存在。

風俗嬢時代には多くの男性の心身、その存在自体を赦《ゆる》し、癒し、その生き方で今、日本中の男女を真理へと導いています。

そしてわたしも、彼女の存在なくして今のわたしはいない、と思うのです。

最初の頃はSNS上で、ブログを時々読んだりしていただけでしたが、2015年の2月には「オンナゴヤ」という名古屋でのイベントに出るはるちゃんを一目みたいと、大阪から一人で参加しました。

いったいどの時点から、こんなに彼女にひかれたのか？　覚えていません。

ただただ、彼女の全ての言葉に、これは紛れもない真実だ！　これが真理だったんだ！　と、肚《きも》の奥底からハッキリと感じたことを覚えています。

彼女のブログのなかには、過去の辛いできごとがいくつも出てきます。はるちゃんは過去に、集団で強姦されたし、その記録もとられてしまったそうです。その記事を目にしたときは、当時自分が克服できていなかった過去のトラウマが膨れ上がって、読み進めるのが本当に怖かった。

女性にとってものすごく恐ろしい性犯罪。しかも、相手は今のうのうと暮らしている。あぁ、この人もわたしと同じだ…。

しかし、はるちゃんはそれさえ開示していく。隠してしまいたいこと、誰にも知られたくないことほど、開いていくこと。それが一番の解決方法で、そして強くなる方法なんだよと、示してくれていました。衝撃的な記事でした。

そんな風にもしなれたら…羨ましいと思いました。でも絶対わたしにはできっこない。

怖くて怖くて、わたしは思い出すことも痛くて辛いトラウマだったから。

この本を出版するにあたり、はるちゃんの本やブログを何度も読み直していると、必ず手が止まってしまう、思考が停止してしまう場面があります。

ある時、はるちゃんの中から聞こえた「もうあなたは大丈夫」「わたしがついてる」

はるちゃんが初めて肚の声、子宮の声を聞いた場面です。わたしはこの部分になると胸が震えて、涙を抑えられなくなります。

なぜなのかはわかりません。でも、それはまぎれもなく生命の真実。

この命を繋いでいこうとする存在。今日まで絶えることなく連面と受け継がれてきた、源。わたし中にハッキリと存在している、その大いなる意図。そこからのエールです。

言葉では適切に表しきれないけれど、ただただ、命の尊さに説得されてしまいます。

撮影／ Y.Matsuzaki

父と母と長女のわたし。自己開示の魔法を信じて。

大型バイクに乗る父と母。

出て行く後姿が、たとえ今日で見納めになったとしても、両親の選択を否定なんてしません。

リスクをも恐れなかった勇気の輝きは、死んだあともけっして失われない。

母がバイクの免許を取ったのは数年前。

祖父の死を境に、後悔のある生き方はしたくない！　と、周りの反対を押し切って取得しました。

一番反対していた父も、一年間母の姿をみていて「自分も本当は乗りたかったのだ！」と、免許をとりました。
生命を大切にするってことは、安全な場所でジッとしてるってことじゃなくて、それぞれの生命がキラキラと輝くほうへ本気でむかうこと、挑戦しつづけることだと思いました。

わたしはわたしで挑戦を続ける。
怖くても一人でも、自分の魂が喜び輝くほうへ動き続ける。
あの父と母の子として産まれてきたんだから、恐れることはない。
安全に、無事に、またここに帰ってきてくれることを祈りながら、
わたしたちは命懸けの人生をともに応援し合う。

いくつになろうと今が人生で一番若いんだから
やりたいことをするなら、今。
そのことを父と母に教えてもらったのです。

なのに、なのにわたし、自分に甘かった。
父と母の娘で本当に良かったってこと、伝えきれていませんでした。

【自己開示の徹底】

これだけで抱えている問題の2／3は消えるってわかったはずだったのに、徹底できていませんでした。

〝明日から、わたしの最初で最後の写真展が始まる〟

その前日、すべての写真をはりだして、それらに囲まれて、この15年を思ったのです。

そりゃ、言えないわ、と。

あんなに心配性の父が知ったら、きっとすごく傷つけてしまう。母が知ったら、即ぶったおれて病気になってしまうかもしれない。

どんなに芸術性が高かろうが、どんなに賞をとりまくろうが、どんなに真剣であろうが、家族は、家族だからこそ、そんなん関係ない。

これはわたしのエゴなのかもしれない。

でも、事実は事実。

わたしは15年という長い時、この業界に確かに存在していた。

こんな長くフリーのヌードモデルをやってきた人を、わたしはわたし以外知らない。

リスクを心配していたら、もうとっくにやめてた。

恐ろしい目遭わなかった、わけがない！

でも、わたしは好きなんだ。


この身体をとても気にいっていて、この仕事を誇りに思っているんです。


なぜ、そう思えたか？

それは、撮影のたびに両親が褒められるから。

わたしを五体満足に産み育て、日本中から求められるこの身体を授けてくれた父と母。

カメラマンさんから、「その身体をくれたご両親に感謝しないとね」って言われるたび、本人たちにはその感謝を永遠に伝えられないな…って冷めて笑っていたけど。


伝えようって心に決めました。

喜んでもらえないことかもしれないけれど、
15年間だまっていたことをごめんなさいと伝えて、
今がこれまでの人生の中で最も幸せだと、
それは《あなたの娘にうまれてこれたから》
そして《自分が自分自身のすべてを肯定できる》からなのだと、
産んでくれて、愛をたくさん注いでくれてありがとうございますと、言おう。

そして、わたしは夏この仕事を【完全引退】する。


わたしがいなくなったこの先も、世界中にアートヌード作品は残り、発表され、きっとあらゆるところで賞をとり続けるでしょう。

そして半年後、きっとわたしは、まるで違うわたしに進化している！

新しい世界で誰もやっていないことを愉しむため、宇宙中を飛び回ってるハズです！

大好きな宇宙人アミの本にも、この世界、この宇宙で大事なことは美しいものを表現すること、感じること、愛でることだとハッキリ書いてあります。

わたしは、それをやってやってやりきってきた。

こんな素晴らしい人生があるなんて！

そのど真ん中を、わたしは今生きている！！！！！！！

伝わらないかもしれないし、特に男親にとってはショックすぎるということも想像できる。

それでも、この世界で一番尊敬する父と、この世界で誰よりもわたしを信じて見守ってくれた母が、どれほど素晴らしい存在なのかを伝えたい。

それしかない。

緊張のカミングアウト、写真展の前夜

「かなちゃんブロックある?」って友だちに聞かれまして、

「うーん…父と母を明日からのアートヌード写真展に招待することかな」

って答えたわたし。


ずっと向かいあいたかった。

いびつになってしまった両親と。

二人が大好きで悲しくてしょうがないわたし。

伝えるなら今なんだって、お膳立てしてくれた全ての存在に感謝しています。


わたしが両親にカミングアウトすることで、自分で握りしめていた秘密

を手放すことで、

相手がショックを受けることになるとか、酷く傷つけるとかじゃなく、【自己開示】という【解放】がとんでもない速さで変えてみせてくれる新しい世界。

そこがみたくて、そこを体験したくて、こわくてこわくて震えました。

知ってるーわかってるーって、ワンネスもどきは勝手な一人よがりでしかなかった。

Facebookとかでいくらキラキラなこと言っても、open Heart♡してるつもりでも、そんなんじゃ世界は変わらない。

わたしは怖がりで痛がりで…そうやって誤魔化してたら、15年も経ってしまったーッ!

わたしが一番恐れていることの中に、わたしが一番欲しかったものはありました。

手に入るわけないって自分が決めつけていたのです。

うちのパパは侍やし、ママは情緒不安定な泣き虫やし、この人たちに理解してもらえるわけないって。

写真展前日の夜、一人ドトールで号泣しながら、両親へ手紙を書きました。

そして翌朝、ありったけの勇気を振り絞って伝えました。

アートヌードモデルのわたしにとって、一時代が変わる瞬間でした。

愛するパパとママへ

わたしは、今とても幸せに暮らしています。
これまでで一番満たされて豊かで、自由で健やかにしています。とても平和です。

たくさんの愛にかこまれているし、恵まれています。
わたしの中からも、周りへの感謝がひろがっているのを感じています。
自分の人生をこんな風にとらえられるようになるなんて、不思議な感じさえします。

パパとママがわたしを産み育ててくれたおかげです。
それと、わたしが誇りをもって長く活動してきたことの成果です。

実は15年間、二人に黙っていたことがありました。

わたしの本当の仕事は、アートヌードのモデルなのです。

19歳の時に入った絵画モデル派遣会社では、23歳まであちこちの絵画教室や、カルチャーセンター、彫刻家のアトリエなどで仕事をしてきました。

そしてそのあと、フリーランスになって写真作品のモデルとして11年間、日本全国で仕事をしてきました。

15年間もあると、色んなことがあって、嫌なことも、戦ったこともたくさんありました。

でも、それ以上に素晴らしいことや、素晴らしい縁のほうが遥かに多く、わたしはとても貴重な経験をたくさんしました。


そして、気がつくとわたし以上に、わたしの可能性、わたしの才能、わたしの価値を認めて応援してくれる人が集まっていました。

その活動も、夏引退します。

その集大成の写真展が、今日から日曜日まで、阿波座のギャラリーであります。

もしよかったら、パパとママに見てほしいのです。

わたしは今、外側からも内側からもとても大事にされて、愛されています。

愛の中にも色んな愛があるけど、自分の存在を認めて受け入れる、自分自身を愛することは、長い間とても難しかったです。

自信がなかったし、自尊心がなかった。自分を好きになれなかった。誇れるところがみつけられなかった。

でも、撮影のたびに、わたしはいつもパパとママのことを褒められました。

「こんな風に産み育ててくれた素晴らしいご両親に感謝しないとね」って言われるたびに、わたしはとても嬉しく幸せで、誇らしくて、難しいけどいつかそれを二人に伝えたいと思ってました。

わたしは二人の間に生まれた愛そのもので、パパもママもそれぞれ本当に素晴らしい人です。

その愛の結晶が自分なんだと、今やっとわかりました。

パパとママのことが大事すぎて、もし知ったら傷つくんじゃないかと、心配すぎて、ずっと言えなくて本当にごめんなさい。

わたしにとって、アートヌードのモデルはとても大切なもので、このまま伝えないで何となくごまかし続けることはできなかった。

理解しづらいだろうと思うし、受け入れ難いこともわかってて打ち明けました。

どうか、このことで悩まないでください。

ただ、パパとママを愛していること。とても感謝していること。わたしの誇りにしていること。

それを伝えるには、自分の自尊心の源になった仕事を隠し続けるわけにはいかなかったのです。


いつもわたしを信じて、こんな風にのびのび自由に育ててくれたママに感謝しています。

人生の指針になる美学を、誇り高い在り方を、生き方で教えてくれたパパに感謝しています。

二人の娘にしてくれて、本当にありがとうございます。

（写真展の前日　父と母へ送った手紙より）

愛するパパとママにも、わたしのわたしたる仕事を自分の口で伝えられる日が来るなんて。
わたしは、こんなにも愛を、信頼を、この身に受けていたのだと初めて知ったんだよ。

家族も来てくれた、人生最高のアートヌード写真展

写真展に来てくださった皆さん、来てくれようとしてくださった皆さん、応援してくださった皆さん、本当にありがとうございました！！

短い5日間でしたが、あの期間、わたしに会いに150名もの方々があちこちから、あのへんぴなギャラリーまで足を運んでくださいました。アーティスト繋がりでミュージシャンやダンサー、さとう式繋がりのエスティシャンさんたち。

不思議な人種がわらわら集まってわたしを祝ってくれる風景は、シュールだけど、暖かくて幸せな時間でした。

遠くは名古屋や、岐阜や、東京や福島からも、みなさんこのために来てくださって本当に感動しました。

その日の夕方ふと気がつくと、皆さんに召し上がってもらいなさい、と実家からたくさんの料理を運んできた両親と皆さんに喜んでもらえるように、と何本ものシャンパンとワインを持ち込んでくれた婚約者とが協力し合ってパーティーの用意をしてくれていました。

3人があれやこれやと言いながら、パーティーをよりよいものにしようとしてくれている…

その光景は、あまりにも現実離れしていてわたしはその時のことを上手く言葉に表すことはできません。

とても幸せなシーンでした。

大好きで、愛しい人たち
傷つけたくなくて、真実を伝えられずにいた人たち目の前で今、わたしの本当の姿を認め応援し、祝福してくれている。

こんな日を迎えられるだなんて、信じられませんでした。

18歳の時に泣きながら拒絶して離れた家族と、こうやって心をひらきあえた場所。

それが裸のわたしに囲まれた場所だってこと。とっても不思議で面白いなぁと思います。

何にも、誰にも、隠すことも恥じることも一つも無い。

堂々と胸をはって、わたしは愛されている。

わたしはわたしを誇らしく思っている。


手前味噌ですけど、わたしは一つの時代をやり抜いた。

すべての撮影が終わる、怒濤のラスト7日間

15年目のヌードの仕事をクライマックスをむかえて、初めて、信頼できるカメラマンだけで埋まったラスト一か月間。

性被害の危険性を気に病まず、写真のことだけ集中できる喜びを感じています。

そんな撮影活動も、すべて終わります。

ラスト7日間は、全国各地で9回の撮影。

初日は東京、2日目、3日目は山形、4日目東京。大阪に一瞬着替えによって、5日目は福岡、6日目大阪、7日目ラストは淡路島。出づっぱりです。

撮影から帰宅したら、下痢でトイレ駆込むか、気絶寝しています。

そして気絶から覚めたら、早朝からロケロケロケ、ロケ続き。だいたい雨。想定外に心身がアスリート化しているラストスパート。

あとごく僅かのアートヌードな時間をご一緒してもらえることが、とっても嬉しいのです。

引退の月が始まってからは、最後の岡山・最後の香川・最後の名古屋。そして、最後の撮影会。

もしかしたら、もう会うことはないのかもしれないなぁなんて思いながら、お互いに精いっぱい告げる、別れ際の「ありがとうございました！」

いつもは続く「またお願いします…」って一言が、カメラマンからもわたしからも出ない。

わたしは、この仕事が終わるってことがどういうことなのか、まだよくわかっていないのかもしれない。わからないフリをしているのかもしれない。

目も開けられない大雨の中震えながらの撮影も、ブヨに10カ所（うち2カ所は股間）を噛まれて熱が出たのも、身体をヒルが這う中ポーズしてそれらを素手でつまみとったのも、ロケ地まで10分と聞いてたのが往復4時間の登山（ほぼ崖）（大雨で傘崩壊）なのも、全てが楽しくて楽しくて、いっぱい笑った。

振り返ると切なくて愛しくてたまらなくなる。

【ヌードの仕事を愛してる】って、やっと言えました。

こんなにも、今クライマックス。想像もしなかった種類の幸せに満ちています。

わたしは、この世界のすべてのことが、ひとつ残らず、自分の投影であり責任であり、そして〝覚悟〟だと思っています。

ドタキャンが起こるのも、ブヨに10カ所かまれるのも、すべての現実を創り出しているのはわたし自身。

素晴らしいロケーション、奇跡的に整った天候、何より人の上質さに出会えたとき、目の前に現れている「わたし」という現実を喜び祝おうと思う。

われ、奢るべからず。だが、歓喜せよ！

最高だよ。

愛する自分へ安らぎの勧め

ふりかえってみて、ひとつひとつを、関わってくれた人を、とても愛おしく思います。

わたしは自分の行動や選択を愛している。

やらされてることなんてひとつもないから文句も出ないし、自分が今一番やりたい事をやる。

そこをゆるして、ゴーしてる。

できてもできなくてもどっちでもイイ。良いことできてるかはわからない。それでOK。

やりたがっている自分の内側の源が、お金のためとか、効率が良いとか、親のためとか、誰かのためとか、自分以外の理由じゃなく、【わたしが喜ぶから】だったらもうやらない理由はない。

《ピンときたらゴー》

　これがたぶん【答え】です。わたしがずっと知りたかった【答え】どうか誰か教えてくださいって、いつも思っていました。
苦しさを人のせいにしない方法。人を羨《うらや》んだり拗《す》ねたりしない方法。自分なんてって卑下したり絶望したりしない方法。自分のことホンマ嫌にならない方法。誰一人をも責めない方法。もちろん、自分のことも責めない方法。それはこれでした。

　イベントが少し終わって、慎重にゆっくり緩めているひと時。
緊張と弛緩って、ｈｉｇｈ　ｌｏｗって、男と女って、そういうニコイチなバランス。
「あぁ、どちらも大事。」って思いました。
息を、吐くのはよくて吸うのはアカンなんてあり得ないのと同じ、尊いニコイチ。

　今は波を浴びる月間。

わたしが年末から押し出してきたこと、自分の内側を掘って掘って、出して出して出し続けてきたエネルギーの波が、向こうのほうからまたわたしに返ってくる。

その波を今、浴びています。超！　刺激的。大きく浴びたら今度は何しようかな。

やりたいことがありすぎる！　会いたい人が多すぎる！　伝えたいことが溢れてしまって、気持ちがはやります。

33年やってきてよくわかった【わたし】という女は、短気でイラチで、焦《あせ》りがち。この焦り女を最大に最高に活かすにはどうするべきか…

今朝ベッドの中で安らいでたとき「休むことだ！」と気がつきました。

確実に【わたし】が喜ぶ選択です（笑）

今月は意識的に〈安らぎ〉を優先します。

みなさんも良い安らぎを！

わたしは今日やっと休みです。

撮影／壺井則行
2016年関西二科展入選

アートヌードフォトギャラリー

— 撮影 —

壺井則行
光画社・高田一樹
籔本近巳
光画社・Jyari
宮浦徹
石堂コウジ
山名秀央
T.K.
千尋
gen
TAKAHASHI23
常盤響
HIROYUKI FURUDERA

撮影／光画社・高田一樹

撮影／藪本近巳

撮影／光画社・Jyari

撮影／宮浦徹
写ガール展入選

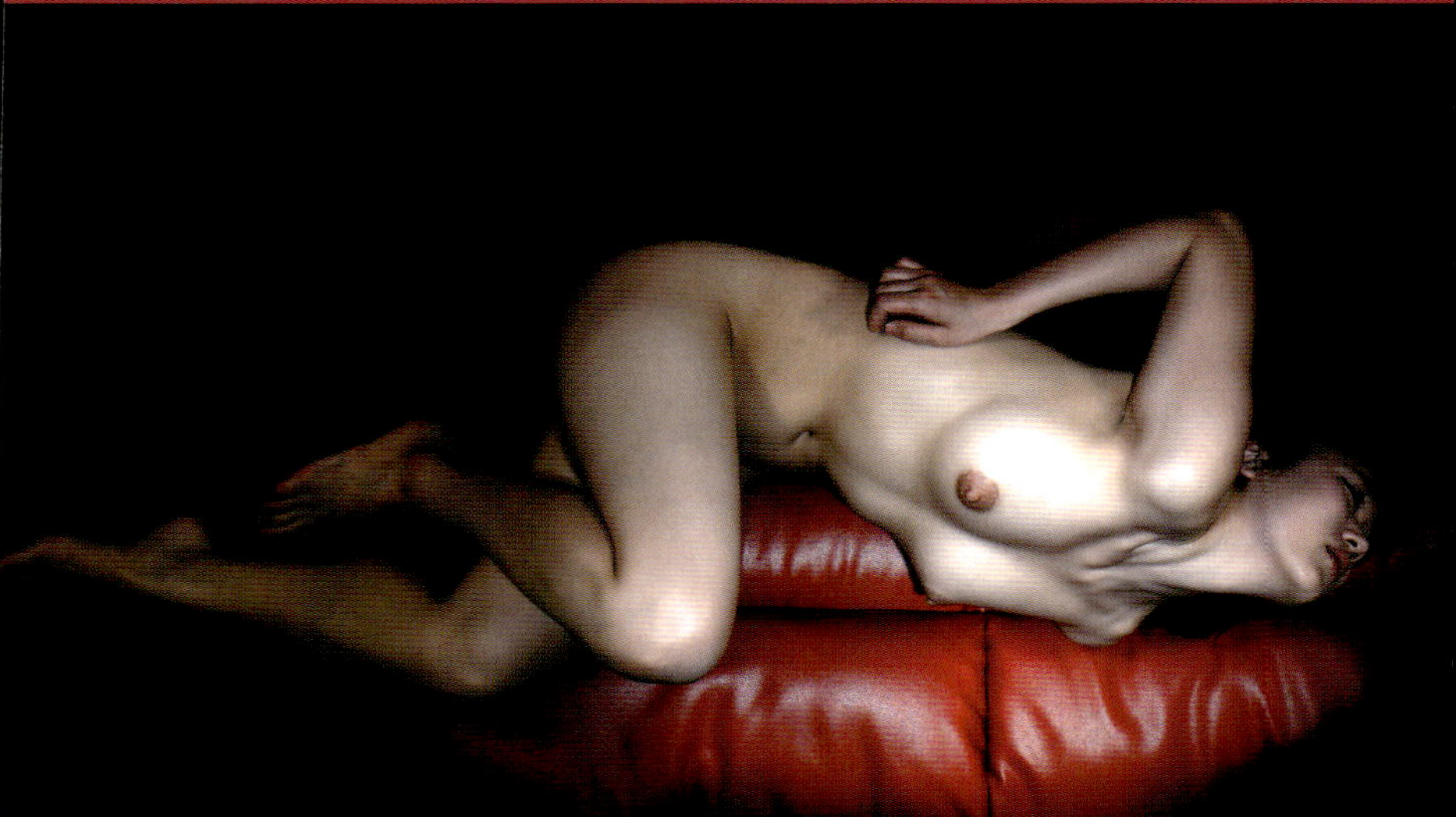

撮影／籔本近巳

撮影／宮浦徹
2014年 JPS 展 入選

撮影／石堂コウジ
国展展示

撮影／山名秀央

撮影／T・K

撮影／小林かな

撮影／千尋

撮影／gen

撮影／藪本近巳

撮影／
TAKAHASHI23

撮影／藪本近巳

撮影／藪本近巳

撮影／常盤響

撮影／HIROYUKI FURUDERA

撮影／藪本近巳
朝日カメラ・モノクロ部門２位

撮影／藪本近巳
第 19 回総合写真展 準大賞 / 朝日放送賞 / Nikon イメージング J 賞

撮影／光画社・Jyari

撮影／藪本近巳

小林かな

アートヌードモデル、アーティスト

1982年9月12日大阪府生まれ。小学校5年生から不登校となる。高校に入学するも2年で中退。その後、性犯罪の被害者として犯人が逮捕されるまでの暗黒の時代を過ごす。その只中の2001年（19歳）から絵画・彫塑モデル事務所に登録。2005年（23歳）から写真専門のアートヌードモデルとして活動を始め、現在までトップモデルとして活躍。
全国の写真家・カメラマンに人気を博し、もっとも予約の取れないモデルとして知られる。
また自らが参加した作品での受賞、入賞多数。2016年夏、惜しまれながらモデルを完全引退。

アフリカ音楽に魅せられ、セネガル、マリ、ギニア、ケニアなどへ6回訪問。

2009年にはオスマンサンコン氏と日本テレビ系「24時間テレビ」ライブ出演の経験もある。

作品の受賞歴

◇ JPA日本写真作家協会展　2014年優秀賞2015年優秀賞
◇ JPS日本写真家協会展　2014年入選
◇ 国展　2016年入選展示
◇ 関西二科展　2016年入選展示
◇ 写GIRL展　2011年以来、毎回入選入賞多数。（羽仁進賞、準写ガール賞、細井英公賞、角尾英字治賞など）
◇ 朝日カメラコンテスト・モノクロ部門　2位
◇ 総合写真展　2012年優秀賞　2015年準大賞／朝日放送賞／Nikonイメージング賞
◇ CAPA、デジタルフォトテクニック、朝日カメラなど多数のカメラ雑誌30回以上掲載

撮影／籔本近巳

わたしは今日やっと休みです

2016年9月12日　初版第1刷

著者　小林かな
発行人　マツザキヨシユキ
発行　ポエムピース
東京都杉並区高円寺南
4-26-5 YSビル3階
FAX 03-5913-8011
カバー写真／千尋
デザイン／堀川さゆり
編集／川口光代
印刷・製本　株式会社上野印刷所

ISBN978-4-908827-02-0 C0095

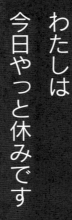